unguentum

Peter Sipes

Pluteo Pleno • Casper, Wyoming

Unguentum

Peter Sipes

Pluteo Pleno
803 South Durbin Street
Casper, Wyoming 82601

www.pluteopleno.com

Edition 1.0, May 2020

ISBN 978-1-937847-09-8

index

A few words

A long time ago, nevermind how long ago, I learned Latin. My magistra, Mrs. Walls, introduced us to Catullus. I fell in love with his poetry. It was magic. Sixteen year-old me understood what he was talking about way better than the poetry we were slogging through in English class. He wrote about friends. And being in love. I just got it.

One of his poems caught my attention but good. It had a punchline. And there must have been a story behind it. Lately, I have been telling that story to my students so that they can read the poem too. Telling that story has inspired me to write this short book.

Yes, some of the vocabulary may be challenging, but that is because it is Catullus's vocabulary. I hope I have taken this poem apart enough so that you too can read it in Latin without translating it and enjoy it as much as I have.

The cover image is of a 2nd to 1st century BCE glass perfume jar. It is a public domain image. If you happen to be at the Metropolitan Museum of Art in New York, you might be lucky enough to see it for yourself.

This book is vastly improved with the help of Dan Stoa, Laura Briscoe, Kristen Crooks and Chris Buczek. I cannot thank the Latin-teacher community enough for its generosity with reading novellas before publication. Any remaining mistakes are mine.

capitulum prīmum

poēta

Catullus erat poēta. poēta erat bonus, sed Catullus pecūniam nōn habēbat. quī poēta pecūniam habet?

poēta poēmata habēre dēbet neque pecūniam habēre dēbet. et Catullus multa poēmata habuit neque pecūniam habuit.

Catullus amīcōs habēbat. amīcī erant bonī. Fabullus erat Catullō amīcus bonus. Catullus saepe cum Fabullō cēnābat. cūr Catullus cum Fabullō cēnābat? Catullus cibum nōn habēbat. cūr Catullus cibum nōn habēbat? Catullus erat poēta et pecūniam nōn habēbat.

Catullus amāsiam[1] habēbat. amāsia erat Clōdia. Catullus Clōdiam amābat et Clōdia Catullum amābat. Clōdiā saepe Catullō dōna dabat. cūr Clōdia Catullō dōna dabat? quia Clōdia Catullum amābat.

quae dōna Catullus Clōdiae dabat? Catullus Clōdiae poēmata dabat, quia pecūniam nōn habēbat.

---

[1] amāsia – girlfriend

capitulum secundum

amāsia

Clōdia magnam pecūniam habēbat.

Clōdia amīcōs et amīcās habēbat. multōs

amīcōs et amīcās habēbat.

PARVA MAGNA
PECUNIA PECUNIA

Clōdia amīcīs dōna dabat. et amīcī

Clōdiae dōna dabant. Clōdia multa dōna

dabat et multa dōna accipiēbat. Clōdia

amīcīs multa dōna dabat, quia Clōdia

magnam pecūniam habēbat et amīcōs

amābat. amīcī Clōdiae multa dōna dabant, nam Clōdiam amābant.

sed ūnus amīcus pecūniam nōn habēbat. amīcus? amāsius[2] est. Clōdia amāsium habēbat. Catullus erat amāsius. Clōdia saepe Catullō dōna dabat. Catullus dōna ā Clōdiā accipiēbat. Catullus Clōdiae dōna nōn dabat sed poēmata. Clōdia dōna ā Catullō nōn accipiēbat sed poēmata.

---

[2] amāsius – boyfriend

POEMA

CLODIA DONA
CATULLO DABAT

CATULLUS DONUM
CLODIAE DABAT

poēmata quae Catullus eī dat, Clōdiae
placent. poēmata placent, quia Clōdia
Catullum amat. Catullus eī poēmata
dabat, quia pecūniam parvam habēbat. sī
Catullus magnam pecūniam habuisset,[3]
multa dōna Clōdiae dedisset.[4] sed
Catullus parvam pecūniam habēbat,
itaque Catullus amāsiae poēmata dabat.
Catullus Clōdīam amābat.

---

[3] habuisset – he had
[4] dedisset – he would have given

capitulum tertium

Venus et Cupīdō

Venus erat dea. Venus erat dea amōris.
Cupīdō erat deus. Cupidō erat deus
amōris. Venus et Cupīdō erant dī amōris.

Venus et Cupīdō hominibus amōrem
dabant, quia dī erant amōris.

Venus: Catullus Clōdiam amat.

Cupīdō: rēctē! et Clōdia Catullum amat.
aliquid Clōdiae dare volō.

Venus: quid tū Clōdiae dare vīs?

Cupīdō: ego unguentum facere volō.
unguentum Clōdiae dare volō.

LAGOENA

Venus: cūr unguentum
eī dare vīs?

Cupīdō: hoc unguentum
nōn est unguentum
quod Clōdia iam habet.
hoc unguentum est
amor līquidus.

Venus: mihi placet! fac unguentum. dā
Clōdiae amōrem līquidum.

Cupīdō unguentum fēcit. amōrem in unguentō posuit. amōrem tantum in unguentō posuit. sī nōn est amor, nōn est in unguentō. amor in unguentō nōn est mixtus. amor est merus.[5]

Cupidō Venerī unguentum fīnītum dedit. Venus nāsum ad unguentum posuit. Venus unguentum olfēcit.

PARADISUS

Venus: unguentum mihi placet. hoc unguentum

[5] merus – unmixed

14

est bonum. hoc unguentum est paradīsus
in lagoenā! hoc Clōdiae dare dēbēmus!

PARADISUS
IN LAGOENA

capitulum quartum

dōnum prīmum

Venus et Cupīdō ad Clōdiam īvērunt.
unguentum habuērunt, quia Clōdiae
unguentum dare volēbant. nam hī dī
unguentum habēbant, Clōdiam petīvērunt.
unguentum ad Clōdiam afferēbant.

Venus: Clōdia! hīc sum cum Cupīdine.
aliquid tibi habēmus. ego et Cupīdō
aliquid tibi dare volumus.

Clōdia: salvēte! Venus, quid mihi habēs?

Venus: unguentum habēmus. hoc

unguentum tibi dabimus, quia unguentum
ad tē attulimus.

Cupīdō: Clōdia, hoc unguentum est amor
līquidus. tibi est dōnum. unguentum tibi
dōnāmus.

Cupīdō Clōdiae unguentum dedit. Clōdia
unguentum ad nāsum posuit. Clōdia
unguentum habuit, itaque id olfēcit.

Clōdia: hoc unguentum est paradīsus in
lagoenā! mihi placet!

capitulum quintum

Clōdia et Catullus et unguentum

unguentum Clōdiae placuit. Venus et
Cupīdō Clōdiae unguentum dōnāvērunt,
itaque Clōdia id habuit. nam Clōdia
Catullum amābat, et Clōdia unguentum
ad Catullum afferre voluit. Catullus
unguentum olfacere dēbēbat.

Clōdia Catullum petīvit. Clōdia
unguentum ad Catullum attulit. Clōdia
cum unguentō ad Catullum īvit et nunc
erat apud Catullum.

Clōdia: salvē, mī Catulle! aliquid tibi

habeō.

Catullus: salvē, mea Clōdia! quid mihi habēs? quid tū ad mē affers?

Clōdiā Catullō unguentum dedit. Catullus unguentum olfēcit.

Catullus: hoc unguentum est paradīsus in lagoenā. ego nāsus esse volō! sī dī mē amant, mē nāsum faciunt.

Clōdia: rēctē! hoc unguentum est bonum. amor līquidus est. hic amor nōn est mixtus. hic amor est merus.

Catullus: Fabullus hoc unguentum olfacere dēbet. cēnam habēre dēbēmus, sed pecūniam nōn habeō. cibum nōn habeō.

Clōdia: cibum nōn habēs. unguentum habeō. unguentum nōn est cēna. vīnum et cibus cēnam faciunt. cūr Fabullus apud tē cēnāre vellet?[6]

Catullus: nam hoc unguentum est bonum et ēlegāns, Fabullus nōbīscum cēnāre vellet. unguentum Fabullō dare volō. ego

---

[6] vellet? – would he (Fabullus) want?

Fabullum invītāre dēbeō ut mēcum et tēcum cēnet.

Clōdia: tū Fabullum invītāre dēbēs ut nōbīscum cēnet. cum Fabullus nōbīscum cēnet, unguentum eī dare dēbēs.

capitulum sextum

Fabullus

Fabullus nōn erat poēta. itaque poēta nōn erat, Fabullus pecūniam habēbat.

Fabullus erat amīcus Catullō. cum Fabullō cēnāre Catullō placēbat. cum Catullus apud Fabullum cēnābat, Fabullō poēmata recitābat.[7]

cum Catullus poēmata in cēnā recitāret, Fabullō placēbat cēnāre cum Catullō. cum Catullus poēmata bene recitāret, Catullus et Fabullus bene cēnābant.

---

[7] recitābat – he recited

capitulum septimum

Catullus et Fabullus

Catullus et Fabullus erant amīcī. apud
Fabullum cēnāre Catullō placēbat, sed
Catullus unguentum habuit (seu[8] Clōdia
id habuit).

nam unguentum erat bonum et ēlegāns,
Catullus cum Fabullō cēnāre volēbat.
Catullus Fabullum petīvit.

Catullus: salvē tū, mī Fabulle!

Fabullus: salvē tū, mī amīce Catulle! cūr

---

[8] seu – or

apud mē es?

Catullus: apud tē sum, quia tēcum cēnāre volō. sed apud tē cēnāre nōlō.

Fabullus: mī Catulle, cibum nōn habēs. vīnum nōn habēs. pecūniam nōn habēs. nihil in sacculō habēs. et apud tē cēnāre dēbeō?

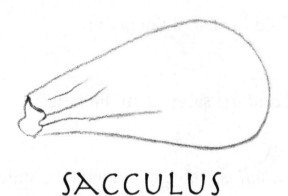

SACCULUS

Catullus: apud mē cēnāre dēbēs. aliquid habeō.

Fabullus: tū poēma habēs?

Catullus: poēma habeō, et aliquid bonī habeō, quod tibi placēre dēbet. aliquid ēlegantis habeō. aliquid bonī et ēlegantis habeō.

Fabullus: bona mihi placent. ēlegantia mihi placent. sī quid[9] est bonum atque ēlegāns, mihi placēre dēbet.

---

[9] quid – something
sī + aliquid = sī quid

Catullus: hoc est bonum atque ēlegāns. post duōs seu trēs diēs, apud mē cēnāre dēbēs.

Fabullus: bene. apud tē post paucōs diēs tēcum cēnābō. sed quid mēcum afferre dēbeō? tū pecūniam parvam habēs, itaque cibum et vīnum nōn habēs.

Catullus: cibum et vīnum afferre dēbēs. nam Clōdia nōbīscum cēnābit, tuam amāsiam afferre dēbēs. nostra cēna erit bona atque magna.

Fabullus: ego cibum et vīnum afferam. et

meam puellam afferam. tēcum post
paucōs diēs cēnābō. valē, mī pulcher
amīce.

gradus poēmatis prīmus

invitātiō prīma

mī Fabulle, amīcus es mihi.

post paucōs diēs, apud mē bene cēnābis.

cibum nōn habeō. vīnum nōn habeō.

affer cibum et vīnum,

quia cēna esse bona et magna dēbet.

cūr cibum et vīnum habēre dēbes?

quia aliquid habeō.

Clōdia mihi id dedit, et bonum est.

mihi placet et tibi placēbit.

capitulum octāvum

Fabullus et Aemilia

Aemilia erat amāsia Fabullō. Aemilia ad cēnam apud Catullum afferre volēbat, quia Fabullus Aemiliam amābat.

Fabullus: mea puella, post paucōs diēs apud Catullum cēnābimus.

Aemilia: apud Catullum paucīs diēbus cēnābimus? mī Fabulle, Catullus nihil habet. Catullus pecūniam in sacculō nōn habet. Catullus cibum seu vīnum nōn habet.

Fabullus: nam Catullus pecūniam nōn habet, cibum atque vīnum afferam.

Aemilia: et vīnum afferēs? vīnum cum aquā mixtum afferēs? an vīnum merum afferēs?

Fabullus: ego vīnum aquā mixtum nōn afferam. vīnum merum afferam. in bonā cēnā, Catullus vīnum aquā mixtum habēre nōn dēbet. cum Catullus apud mē cēnat, vīnum esse sine aquā dēbet. nam apud Catullum cēnābimus, vīnum esse sine aquā dēbēbit.

capitulum nonum

ad cēnam

post paucōs diēs, Fabullus et Aemilia ad cēnam ībant. Fabullus cibum et vīnum afferēbat. Aemilia erat pulchra, quia candida[10] erat.

Aemilia: mī Fabulle, mī venuste, cibum et vīnum affers. tū tōtam cēnam affers.

Fabullus: mea venusta, mea pulchra, tōtam cēnam nōn afferō. Catullus aliquid habet.

---

[10] candida – bright white
Aemilia would have whitened her skin, because Romans considered light skin beautiful. It was a sign that you had leisure and did not have to work outside.

Aemilia: quid Catullus habet? nihil est in sacculō Catullī. eius sacculus est plēnus arāneārum.

Fabullus: Catullī sacculus est plēnus arāneārum. hahahahae! tū salem[11] affers!

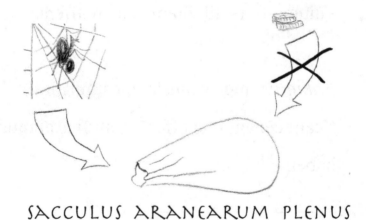

SACCULUS ARANEARUM PLENUS

---

[11] salem – wit (but usually salt)

gradus poēmatis secundus

invitātiō secunda

mī Fabulle, cēnābis bene apud mē
post paucōs diēs,
quia dī (Iuppiter, Iūnō et multī) tē amant.
dēbēs afferre cibum et vīnum.
nam pecūniam nōn habeō,
cibum seu vīnum nōn habeō.
affer cibum et vīnum.
cēnābis bene, quia aliquid ēlegāns habeō.
nam tibi dare volo unguentum,
quod Venus et Cupīdō Clōdiae dedērunt.
et optimum est. sī unguentum habēs,
nāsus esse vīs.

capitulum decimum

apud Catullum

nunc Fabullus et Aemilia erant apud
Catullum ut cēnārent. Clōdia erat apud
Catullum ut cēnāret. Clōdia neque cibum
neque vīnum habuit, sed Fabullus et
cibum et vīnum habuit. Clōdia aliquid
habuit. quid Clōdia habuit? unguentum
habuit. Catullus neque cibum neque
vīnum neque unguentum habuit. Catullus
nihil habuit—immō[12] sacculum
arāneārum plēnum habuit!

Catullus et Clōdia et Aemilia et Fabullus

---

[12] immō – actually

bene cēnābant, quia Fabullus cibum et vīnum habuit. omnēs bene cēnābant quia Aemilia salem habuit.

Aemilia: hahahae! hahahahahae!

Clōdia: cūr rīdēs? cūr cachinnās?

Aemilia: hahahe! rīdeō quia Catullus nihil habet, seu cachinnō quia Catullus sacculum arāneārum plēnum habet. itaque cachinnī est mihi.

Clōdia: Catullus nihil nōn habet. amīcōs habet. Catullus habet amīcōs quī eum amant. Catullus amīcōs habet quia dī Catullō favent. bene cēnāmus quia amīcī Catullō favent.

Aemilia: hahahae! Catullus, inquam,[13] nihil habet. venustus est. amīcī eum amant. cachinnō quia amīcī Catullō favent.

Clōdia: sed Catullus aliquid ēlegantis habet, quia ego aliquid ēlegantis habeō. est suāve et ēlegāns.

Aemilia: Catullus nihil habet. tū aliquid

---

[13] inquam – I say

habēs. quid habēs? tūne aliquid suāvis ēlegantisque habēs? an tū aliquid suāvis ēlegantisve[14] habēs?

Clōdia: hahahae! salem habēs, mea Aemilia. sī ego aliquid habeō, suāve et ēlegāns est.

Clōdia unguentum inter Fabullum et Aemiliam posuit.

---

[14] elegantisve – or elegant; -ve works like -que but means "or"

capitulum ūndecimum

dōnum secundum

Clōdia unguentum inter Aemiliam et
Fabullum posuit.

Catullus tacēbat.[15] Fabullus tacēbat.
Aemilia tacēbat. Clōdia tacēbat. omnēs
tacēbant. nunc Clōdia nōn tacēbat.

Clōdia: rīdēbās, Aemilia. cachinnābās.
nunc tibi et Fabullō unguentum dō, et
contrā[16] tacētis. pōne unguentum ad
nāsum ut id olfaciās.

---

[15] tacēbat –was quiet
[16] contrā – in return

Aemilia unguentum ad nāsum posuit.

nunc nōn cachinnābat. nōn rīdēbat.

tacēbat et unguentum olfaciēbat.

Aemilia: hoc unguentum est amor merus.

paradīsus est in lagoenā!

nunc Aemilia Fabullō unguentum dedit.

Fabullus unguentum ad nāsum posuit et

id olfēcit.

Fabullus: ō Catulle, mī venustē amīce! ō

Clōdia, mea ēlegāns amīca! tē amō quia

mihi favēs! hoc unguentum est

bonum—immō suāve ēlegānsque est!

nāsum esse volō! ut dī mē nāsum faciant!
tē rogārem quis hoc unguentum faceret,
sed Venus Cupīdōque hoc unguentum
fēcit. hoc unguentum est amor merus. ego
esse nāsus volō! dī mē tōtum nāsum
facere dēbent!

gradus poēmatis tertius

invitātiō tertia

cēnābis bene, mī Fabulle, apud mē
post paucōs diēs, sī dī tē amant.
sī tēcum affers bonam cēnam
cum amīcābus et vīnō et sale.
sī haec tēcum affers, mī amīce pulcher,
cēnābis bene. nam tuus Catullus
pecūniam nōn habet,
aliquid ēlegantis tibi habeō.
est amor merus.
nam unguentum tibi dare volō, quod
Clōdiae
Venus et Cupīdō dedērunt.
cum tū ad nāsum unguentum pōnis,
(cum tū unguentum olfacis) nāsus esse
vīs.

poēma ipsum

cēnābis bene, mī Fabulle, apud mē
paucīs, sī tibi dī favent, diēbus,
sī tēcum attuleris bonam atque magnam
cēnam, nōn sine candidā puellā
et vinō et sale et omnibus cachinnīs.   5
haec sī, inquam, attuleris, venuste noster,
cēnābis bene; nam tuī Catullī
plēnus sacculus est araneārum.
sed contrā accipies merōs amōrēs,
seu quid suavius elegantiusve est: 10
nam unguentum dābō, quod meae puellae
dōnārunt Venerēs Cupīdinēsque;
quod tū cum olfacies, deōs rogābis
tōtum ut tē faciant, Fabulle, nāsum.

notae poēmatī

v. 4 attuleris – affers temporis futūrī
perfectī

v. 10 quid – aliquid

suavius – valdē suave

elegantius – valdē elegans

glōssārium

ā, ab
> by, from

accipiō, accipere, accēpī, acceptum
> to accept

ad
> to, toward

Aemilia, Aemiliae
> Aemilia, Fabullus's girlfriend

afferō, affere, attulī, allātum
> to bring

aliquis, aliquid
> someone, something

amāsia, amāsiae
> girlfriend

amāsius, amāsiī
> boyfriend

amīca, amīcae
> friend (woman)

amīcus, amīcī
> friend (man)

amō, amāre, amāvī, amātum
> to love

amor, amōris
> love

an
> or?

apud
> at (the house of)

aqua, aquae
      water
arānea, arānae
      spider
atque
      and, and even
attulit
      he/she brought
bene
      well
bonus, bona, bonum
      good
cachinnō, cachinnāre, cachinnāvī, cachinnātum
      to laugh loudly
cachinnus, cachinnī
      loud laughter
candidus, candida, candidum
      bright white
Catullus, Catullī
      Catullus, the poet
cēna, cēnae
      supper, a dinner party
cēnō, cēnāre, cēnāvī, cēnātum
      to eat supper, to have a dinner party
cibus, cibī
      food
Clōdia, Clōdiae
      Clodia, Catullus's girlfriend
contrā
      in return

cum
    when
cum
    with
Cupidō, Cupidinis
    Cupid, god of love
cūr
    why
dea, deae
    goddess
dēbeō, dēbēre, dēbuī, dēbitum
    ought
dedit
    he/she/it gave
deus, deī
    god
dī
    gods (see deus)
diēs, diēī
    day
dō, dare, dedī, datum
    give
dōnum, dōnī
    gift
dōnō, dōnāre, dōnāvī, dōnātum
    to give
duo, dua, duo
    two
ego, meī, mihi, mē
    I, me

46

eī
> to him/her/it (see is, ea, id)

ēlegāns, ēlegantis
> elegant

erat
> he/she/it was (see sum)

est
> he/she/it is (see sum)

et
> and

eum
> him, it (see is, ea, id)

Fabullus, Fabullī
> Fabullus, Catullus's friend

faciō, facere, fēcī, factum
> to make

faveō, favēre, favuī
> to favor

fēcit
> s/he made (see faciō)

fīnītus, fīnītua, fīnītum
> finished

gradus, gradūs
> step

habeō, habēre, habuī, habitum
> to have

hahahae!
> haha!

hic, haec, hoc
> this, these

hīc
> here

homo, hominis
> person

iam
> already, now

id
> it (see is)

immō
> on the contrary, actually

in
> in, into

inquam
> I say

inter
> between

invītō, invītāre, invītāvī, invītātum
> to invite

invitātiō, invitātiōnis
> invitation

ipse, ipsa, ipsum
> himself, herself, itself

is, ea, id
> he, she, it

itaque
> and so

Iūnō, Iūnōnis
> Juno, goddess of marriage and family

Iuppiter, Iovis
> Jupiter, king of the gods

īvērunt
>	they went (see eō)

lagoena, lagoenae
>	bottle

līquidus, līquida, līquidum
>	liquid

magnus, magna, magnum
>	bit

mē
>	me (see ego)

merus, mera, merum
>	unmixed

meus, mea, meum
>	my

mihi
>	to me, for me (see ego)

mixtus, mixta, mixtum
>	mixed

multī, multae, multa
>	many, much

nam
>	because

nāsus, nāsī
>	nose

-ne
>	added to end of word, asks yes/no question

neque
>	and not

nihil
>	nothing

nōbīs
>for us

nōlō, nōlle, nōluī
>to not want

nōn
>not

noster, nostra, nostrum
>our

nunc
>now

ō
>oh, hey

olfaciō, olfacere, olfēcī, olfactum
>to smell

omnis, omne
>every, all

optimus, optima, optimum
>best

paradīsus, paradīsī
>paradise (Note: This use is not Greco-Roman and reflects later developments in Latin.)

parvus, parva, parvum
>small

paucī, paucae, pauca
>few

pecūnia, pecūnia
>money

petō, petere, petīvī, petītum
>to look for, to seek

placeō, placēre, placuī
> to please

plēnus, plēna, plēnum
> full

poēma, poēmatis
> poem

poēta, poētae
> poeta

pōnō, pōnere, posuī, positum
> to put

post
> after

prīmus, prīma, prīmum
> first

puella, puellae
> girl

pulcher, pulchra, pulchrum
> beautiful

-que
> and

quī, quae, quod
> who, what, which, that

quia
> because

quis, quid
> who?, what?

quod
> which (see quī, quae, quod)

recitō, recitāre, recitāvī, recitātum
> to recite

rēctē
    rightly, that's right
rīdeō, rīdēre, rīsī, rīsum
    to laugh
rogō, rogāre, rogāvī, rogātum
    to ask
sacculus, sacculī
    money bag, purse
saepe
    often
sāl, salis
    wit (but usually salt)
salvē, salvēte
    hello
secundus, secunda, secundum
    second
sed
    but
seu
    or
sī
    if
sine
    without
suāvis, suāve
    smooth
sum, esse, fuī, futūrus
    to be
taceō, tacēre, tacuī, tacitum
    to be quiet

tantum
> only

tōtus, tōta, tōtum
> whole, entire

trēs, tria
> three

tū, tuī, tibi, tē
> you (one person)

tuus, tua, tuum
> your

unguentum, unguentī
> perfume

ūnus, ūna, ūnum
> one

ut
> as, like, so that

valē
> goodbye

-ve
> or

Venus, Veneris
> Venus, the goddess of love

venustus, venusta, venustum
> charming

vīnum, vīnī
> wine

volō, velle, voluī
> to want

Other books by the author

Sisyphus
rex improbus

ISBN 978-1-937847-08-1
Sisyphus: rex improbus is a simple Latin reader for beginning Latin students that uses only 176 unique Latin words. It retells the story of Sisyphus, mythical king of Corinth, and how he winds up pushing the boulder up the hill again and again.

CPSIA information can be obtained
at www.ICGtesting.com
Printed in the USA
LVHW081537040622
720519LV00016B/724